_____ 님께

_____ 드림

글벗시선 232 안철수 첫 번째 시와 시조집

바람에도 향기가 있다

안철수 지음

도서출판 글벗

시인의 말

첫 시집을 출간하며

어려서부터 가난에 찌들어 살았고, 나는 왜 늘 이렇게 살아야 하는가? 삶의 회의를 느꼈으며, 가난에서 벗어나게 해달라고 기도를 많이 했습니다.

그리고 시인이 되고 싶다고 기도했습니다. 어려운 형편에 시인은 무슨 시인, 그거 해서 뭐 할 건데, 시인은 아무나 되나? 그 당시에는 마음을 시로 써서 나를 달래려고 그런 생각을 했던 것 같습니다.

이런저런 고생을 해서 많은 경험을 쌓았고, 가난은 면했으며, 스무 살 때의 꿈이었던 시인이 되는 것을 실현하고 싶어졌습니다.

행복이 무엇인지, 행복은 어떻게 해야 오는지, 삶에 스며드는 행복은 무엇인지 등 살아오면서 경험한 느낀 감정을 글로 남겨야겠다는 생각이 들었습니다.

기다를 배우고, 캘리그라피를 배우고, 사진을 찍으러 돌아다니고, 유명 시인의 시를 읽으면서 필사를 해보니 느낌이 떠올라서 졸작을 많이 써왔습니다.

그러나 기쁨도 행복도 잠시, 재작년 연말 췌장암이 발견

되어 수술하였음에도, 암과 전쟁을 치르면서 매일 시를 써 왔고 마음을 써왔고 행복을 써왔습니다.

올 봄에 검사해 보니 간암 4기로 판정을 받고 항암치료를 하였는데 의사가 더 이상 치료가 불가능하다고 그러더군요. 그래도 다른 환자들의 완치 소식이 들려오고 해서 희망의 끈을 놓지 않고 열심히 살아가기로 굳게 마음먹었습니다.

저의 시가 독자들의 마음에 와닿도록 첫 번째 시집이 세상에 발걸음을 합니다. 두 번째, 세 번째 계속 새로운 시집이 나오도록 최선을 다하겠습니다.

이 시집이 독자의 마음을 행복으로 흠뻑 젖게 하는 시집이 되었으면 합니다.

첫 시집이 나오기까지 지도 편달과 격려를 해주신 글벗 문학회 최봉희 회장님께 감사의 인사를 드립니다.

2025. 10. 24.

유영 안철수

차 례

제2부 따뜻한 봄날

제3부 사랑이 있는 행복

제4부 추억 속의 행복

제5부 스며드는 행복

제6부 인생은 경험

제1부

인생의 봄날

꿈과 희망

내 나이 스무 살 때
마음은 무너졌고
희망이 없어졌다
어떻게 살아갈까
누군가
꿈과 희망을
품고 살라 말했다

내 꿈은 시인이고
희망은 평범한 삶
끝없이 노력해서
가난은 면했지만
그 꿈은
시인의 노래
풍선 달고 오른다

내 이름 석 자

수많은 연예인들
불러도 내 이름의
만큼을 불러봤나
고귀한 나의 이름
부르면
내 이름 석 자
아름드리 빛나리

고귀한 내 이름을
놀잇감 놀듯 놀려
개명을 원했지만
손쉽지 않던 시절
이제는
내가 빛나는
이름으로 살리라

없는 것과 있는 것

나에게 없는 것은
남들이 공부할 때
돈벌이 생활하던
꿈 많은 학창 시절
가난이
만들어놓은
가정 형편 때문에

나에게 있는 것은
모든 것 이겨내며
보람된 삶 속에서
사랑이 있는 행복
인생의
최종 목표가
바로 이것이기에

용기가 필요해

시련과 고통은 와도
감내하는 것은 내 몫

이겨내면 승리하고
그렇지 않으면 실패

지금은
자신 있게 살아갈
용기가 필요하다

그 방법을 알아내고
실천해야 성공한다

나 자신부터 파이팅!

노래 향기

내 마음과 같은
노래를 부르면
그 가사가
나의 이야기가 된다

마음이 울적할 때는
노래가 위안을 주고
기분이 좋을 때는
날개를 달고 날아갈 것 같다

나의 과거를 대변하고
미래를 찾아가는 노래 속에
삶이 있다
행복이 있다

노래에 향기가 있어서
듣는 사람이 많을수록
향기가 선해신다

나의 삶과 행복이 노래로
오롯이 전달되기를

외로운 인생

누구나 그런 건가
슬퍼도 눈물 나고
즐겁고 행복해도
속으로 눈물 난다
인생은
살만하지만
나이 먹어 그런가

누군가 말하더라
혼자서 지낸다면
매일이 쓸쓸하고
눈물만 삼킨다고
하지만
노력한다면
나약하지 않으리

다리 같은 삶

높은 계단을 오르면
숨이 차오르고
다리가 천근만근

더 올라오면
안도의 숨이
두 다리를 칭찬한다

내 안의 그대가 하는 말
내일도 잘 해낼 거야
삶도 마찬가지야

큰 석양

그대가 크고 붉게
빛난 적 있던가

유난히 큰 석양을 보니
마음이 불타오른다
마치 젊음의 피처럼

다시 돌아가고 싶다
왕성했던 시절로

해는 금방 저물었고
젊음은 짧게 지나갔다

내가 원하는 삶

사람들은
하루에
일년에
평생에

얼마나 행복을
느끼며 살까

그리 길지 않은
삶이기에

내 안의 그대가
매일 행복해지는
일상을
살아가라고 한다

내가 원하는 삶이
행복이니까

기타 여섯 줄

기타의 왼쪽에는
악단 단원들이
코드를 눌러주고

기타의 오른쪽에는
지휘자가 손가락으로
기타 줄을 튕겨주면

입술을 통하여
아름다운 노래를
부르게 된다

기타의 선율은
마음속 아픔과
행복을 어루만지고

마음과 마음을
위로하며 연결한다

삶의 희로애락이
기타 여섯 줄 속에
고스란히 담겨있어

내가 살아있는 동안
나의 몸의 일부가
되어준다면 좋겠다

병실의 수다쟁이

수다쟁이라는 말이
언제 생겼을까
어떻게 말해야 할까

병실은 보호자들의
수다로 분주하다
저녁엔 더 심하다

여자들은 조용한데
남자들의 목소리 커서
더 시끄럽다

언제까지 떠들다
제 갈 길 돌아갈까
입을 꿰매고 싶다

나는 남들처럼
수다를 못 떨지만
나도 해보고 싶다

하지만 수다는
때와 장소를 가려야
제맛이거늘

웃음꽃

이 꽃 저 꽃 많지만
그중에 제일 예쁜 꽃은
그대의 환한 웃음꽃

그 꽃이 내게도 피었다
내 마음에 활짝

잠시 피었다가 지는 꽃이지만
행복이 여운으로 남는다
아주 오래

소망

나 홀로 있으면
외로워지고

같이 있으면
행복해진다

소외되기 싫어서
행복하고 싶어서

매일 발버둥치며
꿈을 꾼다

나의 소망은
간절하기에

할미꽃

혹독한 추위 견뎌내고
나 여기 있소 하며
살포시 꽃피운다

명색이 할머니인데
꽃피우는 걸 보면
아직도 젊은이 맞다

나도 할미꽃 되면
꽃피우고 싶다
젊게 살고 싶어서

소망의 봄날

췌장암 수술 후
회복이 잘 될 줄 알았는데
전이되었다고 한다
조용했던 내 마음이 요동친다

주변에 알려야 할까
숨기고 살아갈까
남은 생을 어떻게 보낼까
이런저런 생각 끝에
소망 리스트를 써 내려간다

소망을 이루려면
어떻게 하든 살아야 한다

힘내라
잘 이겨낼 거야
건강하게 완쾌해야만 해

완쾌되지 않으면
저세상에 가서도
소망 리스트는 계속될 거야

어느 봄날에 희망을 품어본다

겨울나무

추위에 움츠린
겨울나무가 말한다

사람들은 나를 보고
사랑과 행복을 말하지만
그러나 외롭다
관심과 위로를 말하지만
그러나 받고 싶다

아무도 나를 따뜻하게
대하지 않는다
그래서 겨울이면 웅크리고
봄을 기다린다

그때가 오면 외롭지 않다
관심을 한 몸에 받으니까

나는 겨울나무에게 말한다
나도 네 마음과 같다
나도 너처럼 살아가니까

장래를 걱정하는 그대에게

너의 실력
알아주지 않는다고
섭섭해 하지 말라

네가 알려지지
않는다고
서운해 하지 말라

네 실력 뛰어나다는 것
다 안다
넌 이미 실력자이고
유명인이다

다만 너에게
중요한 것은
마음이 즐겁고
행복하다는 걸 아는 거야
그것을 느꼈다면
이미 성공한 거야

고향

사람들은 내 고향이 궁금해서
어디냐고 묻지만
나에게 고향은 없다

가난과 수많은 이사로
머무를 곳이 없다 보니
묻지 않으면 좋으련만

세월이 흘러 정착한
공기 좋고 조용한 이 곳

꽃이 반겨주고
자연이 불러주며
좋은 사람들이 있는
이곳에 행복이 있어
정착하게 되었다

이것이
내가 머무는 이유이며
이미 정이든 고향이 되었다

향기 있는 삶

대부분 꽃송이는
실바람 불 때마다
향기가 딸려 나와
콧구멍 자극한다
향긋한
마음 한가득
전해지는 전도사

진실한 마음가짐
사랑과 행복 가득
넘치면 누구든지
향기가 피어난다
내 삶이
즐거워지듯
퍼져가는 꽃내음

오늘도 그리움

그리우면 외롭고
외로우면 그립다

꽃이 그리움이리면
나무는 외로워도
기다린다

내 안의 너는
꽃 필 날 기다리며

오늘도
나무를 바라본다

제2부

따뜻한 봄날

따뜻한 마음

손으로 잡아줄 수 있다면
얼마나 위안이 될까

마음을 내어준다면
그러고 싶다

생각해 주는 자체가
감사할 따름이고

내가 존재하는 이유가
이 마음 때문이 아닐까

희망

마음껏 짓밟아도
마음꽃 꺾여도

마침내 살아나는
봄을 막을 수 없다

새봄은
멈출 수 없다
우리들의 소망을

봄으로 오는 그대

외로이 있는 나를
홀로 있는 나를

바라봐줘도 좋고
손을 잡아주면 좋고
안아주면 더 좋은

사랑스러운 그대는
내 마음에 봄으로
슬그머니 다가온다

봄날처럼

봄날처럼 산다는 것
예전엔 몰랐다

세월을 겪고 보니
그 마음 알겠더라

따뜻한 마음
품고 살아가면
언제나 봄날인 것을

봄날

꽃 피었다고
봄인가요

얼굴 펴고
활짝 웃으면
그게 봄이지요

마음 문 열고
즐거우면
늘 봄날이 됩니다

사랑과 행복의 꿀

봄꽃이 핀 것을
어떻게 알았는지
벌들이 몰려와
꿀을 옮겨 나른다

나도 꽃인데
눈이 나빠졌는지
모른 채 지나간다

내 안에 있는
사랑과 행복의 꿀
가져가면 좋겠다
나도 봄꽃이니까

아픔 없는 사랑

내가 봄이고
꽃피우게 하는
재주가 있다면

수많은 봄들이
문 앞에 줄 서서
기다릴지도 몰라

아프지 않은
사랑을 달라고
행복을 달라고
조르게 될지도

난 그때 허락할 거야

봄의 수다

꽃잔디들이
옹기종기 모여 앉아
속닥속닥

새들도
전깃줄에 모여앉아
짹짹 짹짹

봄은
수다 떠는 소리에
매일 즐겁다

벚꽃 피는 날

파란 하늘에
신부의 예복처럼
하얀 눈꽃이 피었다

미인이 손짓한다
누가 더 예쁘냐고

하얀 미소 만발하니
나도 상그레 웃는다

봄날은 이렇게
점점 환한 웃음꽃으로
무르익는다

복수초

작은 몸에
노랑머리 올리고
누구를 기다리는 걸까

옹기종기 모여앉아
누가 예쁜지, 키가 큰지
서로 자랑한다

너를 마주하니
네가 봄인 걸 알겠더라
선물 받은 봄날이기에

소리 없는 봄

상처에 스며들면
아픔이 나아지듯

마음에 스며들면
새싹이 움트며
꽃이 깨어납니다

그대가 소리없이
다가오면 그건 봄

마음은 봄

버드나무 줄기가
하늘로 뻗어간다
봄인줄 알았는데
호수의 반영이다

얼음 위 오리들은
발이 시립지 않나
사람보다 강한 발
오리발이 부럽다

나무의 마디마다
몽우리가 생겼다
봄이 가까워졌나
마음엔 봄이 왔다

내 마음은 봄

봄꽃은 이제 지고
여름을 맞이하는
꽃들이 피어나니
계절이 심화한다
지구에
공존하는 한
내 마음은 봄이다

그늘이 시원하고
냇물이 생각나는
계절이 찾아오니
마음은 좌불안석
중심에
그대 있는 한
내 마음은 봄봄 봄

벚꽃엔딩

벚꽃은 연약하다며
바람 견디지 못해
하나 둘 떨어진다

머리엔 꽃 뒤덮혀
내가 벚꽃인 양
아름답다고 한다

봄은 늘 오고 가도
봄날 같은 삶을
살고 싶다 사는 동안

생각나는 그리움

봄이 왔다고
제일 먼저 피었던
노란 봄꽃이 그립다

행복이 왔다고
제일 먼저 기뻐하던
그대 꽃이 생각난다

오면 온다고
가면 간다고
인사하면 좋으련만

어느 순간 예고 없이
나타나고 사라지니
그리움만 쌓여 가네

익숙해져서

뼛속까지 추우면
겨울에 익숙해져
봄인 줄 모른다

봄바람이 불어오면
겨울에 익숙해져
봄바람인 줄 모른다

여지껏
남을 위한 삶을
살아왔는데

그게
내 인생이었다니
본인도 모른다

겹벚꽃

누굴 닮아 예쁠꼬
복슬복슬 연분홍
탐스럽게 생겼네

축 늘어진 줄기는
어머니의 삶 같고
마디 마디에는
우리들을 키우려
등에 업고 꽃 피니

이 봄날에 참으로
아름답지 않은가
어머니의 품 같은
꽃이로세

봄 단풍

오뉴월 뜨거워도
쪽빛의 하늘 아래
발간빛 단풍잎은
그 자리 한결같다

봄 하늘
불태운 그대
가을인 줄 알았네

돌아온 제비꽃

강남 갔던 제비가
꽃을 매달고 모였다
옹기종기 쪼로니

못다 한 이야기
나누느라 바쁜가
어우렁더우렁하며
나를 모른척하니

그래도 기분 좋구나
다시 볼 수 있어서
네가 그리웠는데

유채꽃

노란색 출렁이며
해맑은 미소 지어
마음이 밝아졌다

꽃향기 빈 가슴을
채우고 메워주고
그대가 들어오니

버티고
살아갈 이유
꽃에서 생명 찾다

제3부

사랑이 있는 행복

화원의 봄

유영 안철수

사랑의 화원은
삼백 육십 오일
꽃향기 가득하니
언제나 봄이로세

세상의 꽃은
비바람 속에 피어나지만
화원의 꽃은 포근하게
피어나네

참새가 방앗간을
찾아왔으니
그냥 갈 수 있나요

작은 화초 하나 들고
사랑의 님을 찾는다
봄향기 가득하게

 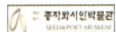

화원의 봄

사랑의 화원은
삼백 육십 오일
꽃향기 가득하니
언제나 봄이로세

세상의 꽃은
비바람 속에 피어나지만
화원의 꽃은 포근하게
피어나네

참새가 방앗간을
찾아왔으니
그냥 갈 수 있나요

작은 화초 하나 들고
사랑의 봄을 찾는다
봄 향기 가득하세

동백꽃 사랑

한 겨울
붉게 타오르는
유일한 꽃

내 마음도
붉게
물들었습니다

누구보다
그대를
사랑하기 때문에

마음까지 붉게 태워
그대를
사랑합니다

봄의 향연

갈맷빛 그 위에는
풀빛이 돋아나고
화사한 색감으로
새봄을 수놓으니
마음을
들뜨게 하는
그대는 봄 마술사

따스한 햇살 비쳐
꽃들이 방긋방긋
향기가 스멀스멀
행복한 봄의 숨결
모두가
반가운 만남
즐겨보세 봄 축제

야생화(1)

자연을 벗 삼아
이름 모를 청춘으로
살아가는 그대여

알아주지 않아도
사랑받지 않아도
행복할 수 있다면
그대처럼 살고 싶다

야생화 (2)

살면서 야생화가
많은 줄 첨 알았다
이름도 특이하고
모양도 독특하다
사람도 야생화 같이
같은 사람 없구나

지구촌 어디에도
사람은 넘치지만
생명이 존재하면
서로가 다른 모습
그대가 야생화라도
같은 꽃이 없구나

행복은 즐기면서
사랑은 달콤하게
조금씩 다르지만
그래도 살아간다
하지만 소중한 삶이
똑같으진 않으니

오월의 달

잠자는 나를 깨워
눈뜨니 보름달이
날 보며 미소 짓네
누구도 보지 않는
황금빛 내게 왔으니
네가 받아 주려마

정신이 번쩍 들어
그대를 담으려고
보자기 펼쳤는데
어느새 사라졌다
아뿔싸 동작이 느려
오는 복을 못 잡네

다음에 오거들랑
신호를 보내주렴
맨발로 마중 나가
반갑게 안아줄게
오월은 따뜻한 마음
주고받는 그런 달

꽃마리

물망초 닮은 별이
마음에 들어왔다

이렇게 작은 별이
땅 위에 자라나니
신비한 세상일세

꽃말은
행복의 열쇠
마음을 열어본다

알리움의 사랑

수많은 보라색의
작은 꽃 큰 별 되어
우연히 마주친 너
오롯이 나를 본다
어떻게
찾아왔을까
궁금하게 만든다

자수정 보석처럼
소중한 마음속에
사랑을 담으려는
진심이 느껴진다
그대는
영원한 사랑
우리 사랑 지키리

접시꽃

한 접시 내 마음 꽃
두 접시 두 마음 꽃
한 줄기 도란도란
사랑을 받고 싶네
임께서 꼭 오시기만
기다리는 마음꽃

둥근달 하나 둘 셋
내 눈을 의심하네
저고리 고운 모습
어여삐 바라보네
당신의 새색시 모습
무더워도 예쁘네

세월이 흘렀어도
여전히 변함없네
해맑은 둥근 얼굴
웃어도 소리 없는
그대는 소녀의 얼굴
내 마음의 맑은 창

몰래 찾아오는

마음이 즐거우면
내 몸도 흥이 나고
인생은 살맛 난다
누구나 그러하다
그래서
행복은 몰래
찾아오는 산타다

마음이 무거우면
내 몸도 가라앉고
인생은 지쳐간다
누구나 그러하다
그래서
우울은 몰래
찾아오는 불청객

겨울 철새

날개 없는 새 없고
다리 없는 새 없다

그럼에도 불구하고
겨울이면 찾아온다

추위에 장사 없다는데
네가 그렇구나

그래 잘 왔다
사랑 찾아 행복찾아

먼 곳에서 왔으니
편하게 지내다 가렴

오늘은 하얀 날

내 마음은 언제나
맑은 날이었는데
오늘은 하얀 날

순백의 눈을
온몸에 뿌려주니
너다운 계절이다

은근슬쩍 내린 눈이
백발노인 만들었으니
늙은이로 살아볼까

은빛 이불

고요한 세상을
뒤덮은 하얀 눈
말없이 두고 갔으니
누가 임자힐 거냐

끝없이 펼쳐진 하얀 이불
은빛 이불은
마음의 짐을 덮어준다
땅 위의 흙이
마음의 짐이거늘

땅 위의 흙이 되어
은빛 이불을 덮으면
마음의 짐이
한결 가벼울게다

고요하고 순수하고
순결한 그대가
은빛 이불로 덮어주니
나도 좋고 너도 좋구나

꽃샘추위

봄인 줄 알았는데
아직 아닌가 봐요
이별인 줄 알았는데
아직 남았다는군요

누구는 보내주고
누굴 받아주기에는
마음이 아프다며
때가 아니라는군요

조금만 참아달라고
가슴 차갑게 하지만
봄은 온다고 하네요
내 가슴에 따뜻하게

애기똥풀

액즙이 아기 똥과
닮아서 이름 붙은
흔하나 참 예쁜 꽃
이름이 유별나다
그래도
여러 용도로
사용되니 좋아라

멸시와 천대받는
꽃 이름일지언정
그대의 마음까지
송두리째 내어주니
꽃말이
참 어울린다
몰래 주는 사랑꽃

자연 예찬

푸르른 금수강산
건강한 자연환경
어느 것 하나라도
하늘을 바라본다
자연은 본연의 모습
순리대로 지킨다

새싹이 자라나고
예쁜 꽃 피어나며
제 갈 길 돌아가니
자연은 아름답다
소중한 인연이 된 듯
익숙해진 모습들

우리가 태어나서
살아온 이 지구는
이 세상 끝 날까지
보존할 자연이다
사랑과 행복 가득한
금수강산 지키자

바람의 노래

바람은
멈춰달라고 해도
멈출 줄을 모른다

구름은 신난다
힘들이지 않고
덩달아 흘러가니까

그대와 함께
날아가고 싶다
행복한 저 세상으로

봄망초

풀숲을 지나가다
개망초 닮은 예쁜
봄망초 반겨준다
계란은 여전한데
잎 색이
분홍빛으로
유혹하며 부른다

가려는 봄 아쉬워
예쁘게 봐달라고
눈짓을 보내오는
봄망초 어찌할꼬
좀 일찍
피어났으면
사랑받을 꽃인데

여명

저 멀리 어둠 뚫고
한줄기 강렬한 빛
가슴을 지나치며
끝까지 가려 하네
멈출 줄
모르는 빛으
온 세상을 깨우네

지난날 아픔 털고
일어나 아름다운
하루를 생각하며
여명을 맞이하게
그 속엔
네가 모르는
행복들이 있다네

내 마음속 눈

펑펑 쏟아지는 눈물
무엇에 서러웠는지
무엇에 기뻐하는지
가슴에 젖어듭니다

하얀 마음을 온세상
흠뻑 덮었습니다
나도 모르게 은근히
스며들었습니다
검은 마음 씻어내려고

제4부

추억 속의 행복

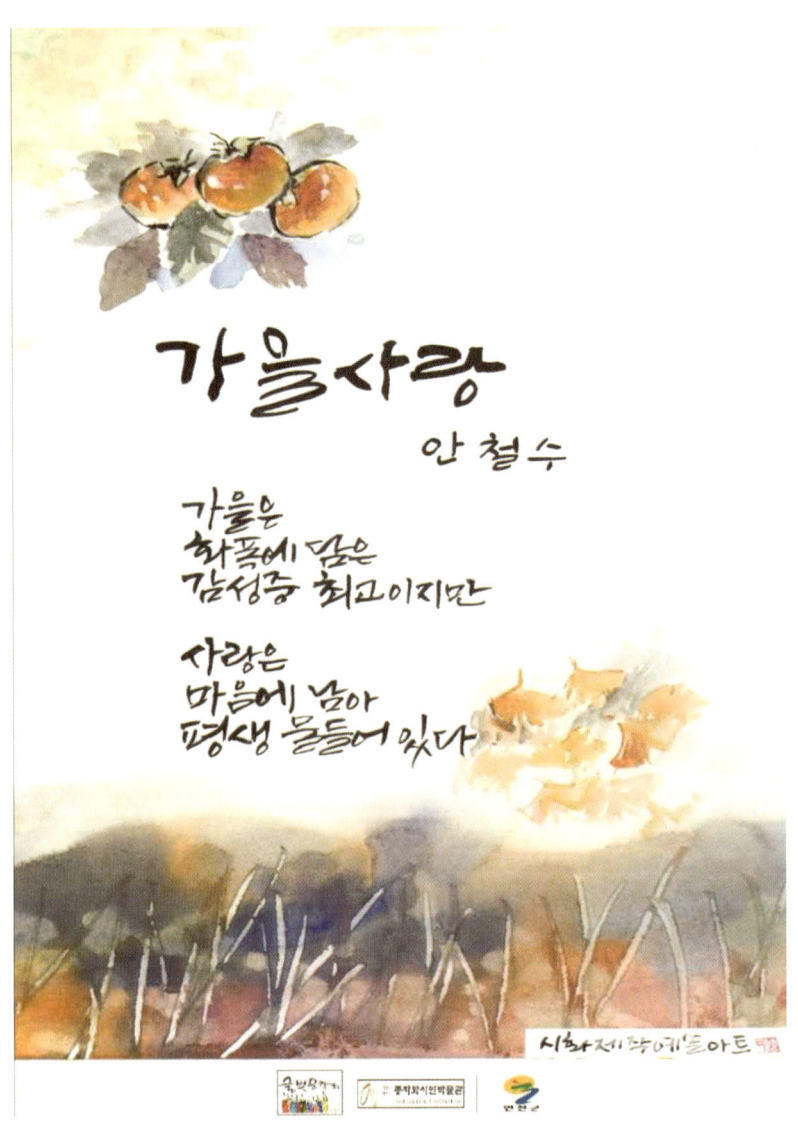

가을사랑

안 철 수

가을은
화폭에 담은
감성중 최고이지만

사랑은
마음에 남아
평생 물들어 있다

가을 사랑

가을은
화폭에 담은
감성중 최고이지만

사랑은
마음에 남아
평생 물들어 있다

가을연가

유영 안철수

고운 달빛에
그대 얼굴 빛나요

고운 두 볼은 노란 잎
입술은 빨간 단풍

달빛이 사라지면
그대 이젠 볼수 없어요

추억만
한 움큼 남아요

홀로 남기고
떠나지 말아요
아직
사랑하고 있으니

가을 연가

- 시 유영 안철수
- 손글씨 도담 이양희

고운 달빛에
그대 얼굴이 빛나요

고운 두 볼은 노란 잎
입술은 빨간 단풍

달빛이 사라지면
그대 이젠 볼 수 없어요

추억만
한 움큼 남아요

홀로 남기고
떠나지 말아요

아직
사랑하고 있으니

가을 단풍

유영 안철수

무수히 많은
별들이
붉은색으로
매달려 있다

낮에 보아도
빛난다

모두가
너를 바라본다

그대 눈속에서
붉게 빛나는 별이

내 가슴을
예쁘게 태웠다

가을 단풍

- 시 유영 안철수
- 손글씨 도담 이양희

무수히 많은
별들이
붉은색으로
매달려 있다

낮에 보아야
빛난다

모두가
너를 바라본다

그대 눈 속에서
붉게 빛나는 별이

내 가슴을
예쁘게 태웠다

단풍 구경

울긋불긋 단풍색
내 눈도 변해간다

빨간 불 붙었다고
셔터를 눌러댄다

구경온
모든 사람들
물들었다 빨갛게

깊어가는 가을

가을의 정점을 향하여
점점 해가 짧아진다

생각도, 행동도,
그리움도 짧아진다

내 안의 그대는
짧아지지 않고
점점 길어진다

외로워 말라는
위로와 함께

오롯이 그대 생각하는 마음
깊어만 가는 가을

찻잔 속 반영

호수에서만 보던 반영이
작은 찻잔 속에도 보인다
신기한 세상이 들어있네

단풍잎이 찻잔에 내려앉아
추억을 담고 있어
작은 마음 들여다보는 느낌

따스한 차로 목을 축일 때
반영도 함께 넘긴다

막바지 남은 단풍을 보니
인생무상

그러나
그대는 복받았다
가을 추억을 가슴에 담았으니

낙엽 인생

단풍은
추워질수록 붉어지고
햇살이 비치면 선명해져
아름다움을 자랑한다

하지만
수많은 낙엽이
온 대지에 추억으로 널브러져 있다

인생도 단풍이요
낙엽이다

가을이 뭐라고

유영 안철수

가을이 뭐라고
낮술이라도 한듯
벌겋게 다가옵니다

추억이 뭐라고
그리움이 한 움큼
낙엽으로 떨어집니다

그래서 가을은
당신처럼 아름답다고
말하나 봅니다

가을이 뭐라고

- 시 유영 안철수
- 손글씨 도담 이양희

가을이 뭐라고
낮술이라도 한 듯
벌겋게 다가옵니다

추억이 뭐라고
그리움이 한 움큼
낙엽으로 떨어집니다

그래서 가을은
당신처럼 아름답다고
말하나 봅니다

단풍 사랑

요즈음
사랑 많이 받고
예쁨 받아서
행복하겠다

사람들이 찾아와서
너만 바라보고
감탄하고
사진 찍고
마음에 담고 가잖니

내가 너라면
일 년 내내
예쁜 모습 보여주고
사랑받을 텐데

조금만 따뜻하면

아직 가을인데
찬바람이 불어오니
겨울이 온 듯
따뜻한 양지비른 곳을
찾아간다

아직은 청춘인데
옷깃을 스치는 바람에도
추위를 느끼는 건
나만 그런 걸까

뒹구는 낙엽을 보며
마음이 쓸쓸해지는 건
내가 나이 들었다는
증거인 듯

그래도 울긋불긋
단풍을 보면
따뜻한 양지만큼
기분이 좋다

커피잔

안 철수

채우기도 하고
비우기도 하고
입맞춤도 하니
좋아할 수밖에

따뜻한 마음과
사랑을 마시며
들었다 놨다 하니
정이 들 수밖에

커피잔

채우기도 하고
비우기도 하고
입맞춤도 하니
좋아할 수밖에

따뜻한 마음과
사랑을 마시며
들었다 놨다 하니
정이 들 수밖에

소나무 그늘 아래
늘 항상 그 자리에
뻗나는 잎 줄기로
팔 벌려 숨을 쉰다

그늘에 불구하고
연보라 꽃 피우고
겸손히 묵묵하게
자라는 너의 꽃말

모두가 하늘 보며
소원을 빌고 있다
마음은 낮은 자세
사랑은 어여쁘게

무더운 여름 와도
그대가 사랑이다
보고픈 아름다운
그 마음 찾아간다

맥문동

안 철 수

맥문동

소나무 그늘 아래
늘 항상 그 자리에
빛나는 잎줄기로
팔 벌려 숨을 신다

그늘도 불구하고
연보라 꽃피우고
겸손히 묵묵하게
자라는 너의 꽃말

모두가 하늘 보며
소원을 빌고 있다
마음은 낮은 자세
사랑은 어여쁘게

무더운 여름 와도
그대가 사랑이다
보고픈 아름다움
그 마음 찾아간다

배롱나무의 사랑

홍자색 드레스에
레이스 장식하고
백일을 피고 지고
여름을 불태운다
꽃잎이
흩뿌려지면
사랑 손님 모인다

잔잔히 주름 잡힌
얄따란 꽃잎들과
각각의 색상들이
풍기는 우아한 꽃
마음은
변치 않으며
사랑겹게 피누나

배롱나무 꽃피는 여름

뜨거운 기운 받아
붉은 꽃 터트리는
사백 년 배롱나무
아래시 쉬어보니
서원을
함께 지켜온
그대 사랑 느낀다

무더운 여름에만
찾아온 그의 사랑
영원한 삶의 소망
불사조 꿈을 꾸듯
오롯이
떠나간 벗이
그리워서 피는 꽃

장맛비

안철수

후드득 솨아아아
쏟아지는 멜로디

가슴에 들어오다
떠난다 먼곳으로

여운을 남기고서
말없이 떠나가는
묵묵한 나그넷길

그대가 자주자주
찾아와 좋지마는
마음이 지쳐간다

필요시 내 곁으로
찾아주면 좋겠다
사랑의 숫자만큼

장맛비

후드득 쏴아아아
쏟아지는 멜로디

가슴에 들어오다
떠난다 먼 곳으로

여운을 남기고서
말없이 떠나가는
묵묵한 나그넷길

그대가 자주자주
찾아와 좋지마는
마음이 지쳐간다

필요시 내 곁으로
찾아주면 좋겠다
사랑의 숫자만큼

가까이

우산 써도 내 마음엔
빗방울 떨어진다

누군가의 마음에
우산 씌워 주느라
비를 맞아도 좋다

마음은
가까워져야
좋은 일 생기니까

가슴비

낮부터 내린 비는
밤에도 여전하군

바람까지 몰고 와
비바람이 부는 밤

그리움은 가슴에
비를 뿌리 건만

가슴비는 어두워
보이지 않으니

아마도 비바람에
떠나갔나 보구려

하늘을 보자

난 언제나 하늘을 본다
오늘은 강아지 구름이 많다
산 뒤에서 훔쳐보는 구름도 있다

해 질 녘 하늘을 본다
오늘은 구름들이 많아서
멋진 노을이 보일 거야

밤에도 하늘을 본다
별들이 가득해서
네 생각이 떠오른다

그대와 함께
하늘을 바라보며
정겨운 이야기 나누면 좋겠다

희망 사항

층층이 계단에서
물줄기 뿜어대며

여름이 온 것처럼
가슴을 식혀준다

행복도
물줄기처럼
뿜어대면 좋겠다

겨울의 맛

듣기만 해도 좋은
뽀드득 뽀드득
발자국 소리

눈 위를 걷는
겨울의 맛

마치 내가
새 신발이
된 것 마냥

겨울의 맛에
물들어 걷는다

그대 마음속으로

제5부

스며드는 행복

스며드는 행복

아파도 기분 좋고
슬퍼도 기분 좋은
마음은 어디에서
오길래 행복할까
감성이
여리어지면
나도 몰래 운다네

말 없는 식물들과
동물도 행복할까
다가가 돌봐주면
행복이 돌아온다
사랑이
남아있다면
스며들어 온다네

삶의 이치

움직인다는 것은
살아있다는 것이고
할 일이 있다는 것은
살아갈 날이 많다는 것

꿈과 희망이 있다면
이루어지게 노력해야 하고
사랑이 있다면
행복은 스며드는 것

몸과 마음이 건강해야
삶이 더 행복해진다

행복

행복하다고 생각하면
행복해지고

불행하다고 생각하면
불행해진다

남의 행복 때문에
나의 행복이
불행하다고
여기지 말자

모든 사고(思考)는
마음 먹기에 달린 것

긍정은
행복에 이르게 한다

설레게 하는

세상에 아름다운
말글은 사랑해요
그리고 행복해요
너무나 좋은 말글
그 누가
만들었을까
내 마음속 설레네

하루에 좋은 말을
얼마나 들어보나
얼마나 표현할까
마음에 반성한다
오늘은
꼭 해봐야지
내 마음이 설레게

사랑의 관계

옆집에 몇 숟가락
뒷집에 몇 개의 컵
서로가 알고 지낸
세월이 몇 수십 년
그렇게 살아왔어도
알 수 없는 네 마음

모든 걸 내어줘도
모든 걸 받아줘도
알량한 자존심은
버리지 못하는가
가슴을 멍들게 하니
엿치기로 부수세

그렇게 살았어도
마음은 따뜻했고
자존신 강했어도
정으로 뭉쳤으니
이것도 사랑이라면
행복하게 살자고

맞춰가는 것

누가 잘하고 못하고는
중요하지 않다

나 혼자
잘해도 소용없고
다른 사람만 잘해도
소용없다

꽃이 하나 필 때와
여러 개 필 때가 다르듯이

함께 피는 것
함께 나아가는 것
그것은
아름다운 맞춤이다

서로 마음은 달라도
손바닥을
마주칠 수 있다면
행복은 맞춰갈 수 있다

인생 도서관

비 오는 날에는 도서관에 간다
수많은 책이 있고 이름도 다양하다
사람 이름이 다양한 것처럼

무슨 책을 읽을까
한참 망설인다
모두 다 읽어보고 싶은데

사람과 친하게 지내다 보면
그 사람에 대해
다 알고 싶어하는 것처럼

책을 읽어보니
마음이 가는 좋은 책이 참 많다
세상에는 좋은 사람이 많은 것처럼

비 오는 날 맑은 날에
책 읽는 삶은 참 좋다

좋은 사람들
좋은 책과 어울리는 것도
나름 행복이다

젊음의 드라마

서로가 티격태격
마음을 줬다 뺐다
달콤한 젊은 남녀
그때로 가고 싶다
로맨틱
사랑 이야기
언제 봐도 재있다

젊음은 풍선처럼
마음이 떠오르고
설렌 맘 두근두근
즐겁고 행복한 때
내 인생
되돌아가면
언제라도 대환영

첫 단추

첫 단추 잘 꿰어야
다음이 쉽다는데
첫음절 잘 맞아야
노래가 흘러가듯
처음은
쉬운 듯 힘든
첫걸음이 그렇다

씨앗은 꿈을 먹고
성장은 희망 안고
사랑이 익어가면
행복한 빵이 되듯
삶에는
진심이 있어
순리대로 익는다

마음의 문

입으로 들려주는
위로의 말보다는
심금을 울려주는
노래가 최고일세
그대가
부르는 노래
마음 문이 열린다

마음을 달래는데
기타에 노래 한 곡
이만한 연주곡이
어디에 있을까나
내 인생
최고의 위로
마음의 문 열린다

저녁노을

베란다에서 보면
하늘과 산 사이에
붉은빛 비추고

해가 지면 그 빛도
어둠으로 사라지다
사계절이 똑같다

너를 보면 황홀해서
감탄사 나오는데
절대 그냥 가지 마라

함께 하는 저녁노을
내일도 모래도
눈 즐겁게 해준단다

인복(人福)

사람들은
인복이 있다고 한다

그만큼 다른 사람의
도움을 많이 받거나

아니면 내 주변에
좋은 사람들이 많거나

받기만 하는 것은
복이 아니다

베풀고 마음 나누고
화목이 복일진대

복 끌어들이지 말고
나누고 베풀면

반드시 돌아온다
사랑도 그렇다

인생의 그림

인생이란
유리창에 보이는
그림 같아요

아침엔
찬란하고
해 질 녘엔
노을빛 물들이고

때론 비가
내리기도 하고
예쁜 꽃이
피기도 해요

그림에는 마음이
보이지 않지만
사랑한다면
누구에게든 보여요

표정으로 보여요

서로 사랑하는 것

지구는 돌고 돌아
사계절을 만들고

우리는 그곳에서
맴돌며 살아가지만

사랑을 숨겨놓고
아옹다옹 다툰다

비록 지구가 작지만
작은 사랑의 마음을
넓혀야 한다

지구는 돌고 돌아
사랑으로 변해야 한다

서로 사랑하는 것
이것이야말로
존재의 이유다

완성과 미완성

완성되는 것들은
수없이 많다
노력하면 되니까

미완성 되는 것들은
노력해도 되지 않는
무언가가 있다

사랑은 아무리
노력해도
어쩌지 못한다

사랑은 언제든지
늘 불안하고
떠날 것 같으니까

해밝음

해 질 녘인데
해는 어디 갔는지

해 뜰 시간인데
하늘이 가려져

보고 싶어도
볼 수 없는 그대

어두운 세상에서
해밝음으로 살아가도록

사랑을 보여주오

마음 편한 곳

도시는 새소리
듣기 힘들고
시골은 잘 들리고

도시는 매연 냄새
시골은 자연 냄새

도시는 깍쟁이
시골은 후한 인심

어디서 태어나든
흙으로 돌아간다

한 번뿐인 인생
마음 편한 곳이
최고의 행복이다

연리목 사랑

이 무슨 운명인가
얼마나 좋아하면
창피함 일도 없이
저리도 붙어있네
사랑을
공개로 하니
부끄럼을 모르네

가녀린 잎새일 때
하늘이 맺어줘서
시집갈 나이 되니
연인이 되었다지
수줍음
감추지 못해
언제라도 내 사랑

찾아가는 사랑

물속에 뜬 저 달은
내 마음 엿보려고
속내음 두드리며
문 열고 들어온다
사랑은
시시때때로
찾아가는 사랑꾼

사랑이 애틋해서
너무도 보고 싶고
멀어도 찾아가는
마음이 사랑이다
꿀벌이
꿀을 찾듯이
사랑이란 그렇다

여수(旅愁)

일 년 중 행복한 날
평생에 불행한 날
며칠만 기쁨 가득
평생에 불행 조금
가끔은
생각이 든다
외로움은 가라고

행복이 머문 시간
불행이 머문 자리
생각이 지워지고
몸 하나 얇아지니
모든 게
귀찮아졌다
그리움에 고파서

제6부

인생은 경험

설렘의 미학

마음이 두근두근
출렁거릴 때

고백도 하고
사랑도 하고
원하는 일도
이루어 낸다

출렁거림은
자신을 만들고
역경을 이기기에
충분하니까

시간 여행

삶은 시간에 따라
여행을 합니다

멋진 곳 가는 것도
시간 여행이지만

힘들고 어려운 일도
즐겁고 행복한 일도

우리에게 주어진
시간 여행입니다

시간 여행을 어떻게
하느냐에 따라
인생이 달라집니다

소나무처럼

몸은 작년 다르고
올해는 더 다르다

세상 물정도 그렇고
사람 관계도 그렇다

모든 게 달라져도
가까운 사람만은

변치 않는 영원한
관계이고 싶다

푸른 소나무처럼
이 세상 끝날까지
함께 하기를

늘 푸른 소나무처럼

동분서주

누가 쫓지 않아도
참새는 빠릿빠릿
다람쥐는 나무타기

뭐가 그리 바쁜지
가만 있질 않는다

부지런해야 사는 것
당연한 일이지만

적당히 돈벌고
먹고 살면 좋겠다
몸과 마음이
지치지 않게

묵묵한 사랑

병들은 나무줄기
자르고 약품 처리
얼마나 아팠을까
살아온 나무 보니
새잎이
돋아나 있고
새 인생을 이뤘다

사람은 못 견디고
포기해 있을 텐데
말없이 버티어낸
나무가 대단하다
자연은
묵묵한 사랑
내어주고 받는다

어린 자귀나무

나는 요즘 나무 친구가 생겼다

집 베란다에서 씨앗을 파종해서
어느덧 15센티미터나 자랐다

낮에는 이파리가 활짝 펼쳐져 있는데
밤에는 이파리가 모두 접히어 있다
수그리고 잠자는 척 한다

다른 식물도 키우고 있지만
이렇게 움직이는 식물은 처음 본다

나는 그저 물만 줬을 뿐인데
마치 사람처럼 낮에는 웃고 있다가
밤에는 잠을 자는 그대

그대의 모습이 재미있어서
그대 앞으로 자주 가고 대화한다

– 안녕, 밤사이에 잠은 잘잤니?

아침이 되니 기분 좋지?

저녁이 되니 두 손 모아 기도하는구나
날 위해 기도해 줘서 고맙다
잘 자고 좋은 꿈 꿔요
내일 또 만나자

낯달

동그란 얼굴에
하얀 가면을 쓰고
내 눈과 마주친다

내가 그대라면
눈, 코, 입을 그리고
웃으며 나타날 텐데

수줍어하지 마
날이 어두워지면
빛나는 미인이잖아

낮부터 찾아오는
그리움의 달답게
살포시 다가와 주렴

하늘을 가까이

하늘에 선반이
있으면 좋겠다

물건 올려놓고
필요할 때
볼 수 있게

파란 하늘이
가까이 있으면
좋겠다

웃음꽃 심어놓고
맑은 날이라고
알려주세

괜찮아?

마음은
아니라고 하지만

그렇다고 말해야
안심하니까

그래야 서로
마음이 편해

고마워
물어봐 줘서

민들레 인생

바람만 불어주면
어디든 날아가서
둥지를 틀며 산다
내 의사 상관없이

남들은 풀숲 속에
떨어져 잘 살거늘
왜 하필 보도블록
틈 사이 끼었을까

이곳에 적응하니
초능력 따로 없네
뿌리만 내려주면
당당히 꽃피우니

난 너의 강한 인생
부럽고 인정한다
어디든 발 디디면
그곳이 내 집인걸

어머니 같은 금낭화

바람에 흔들려도
꿀젖이 맛있는지
가슴에 사랑 품고
모두가 매달렸다
그대는
모성애 강한
어여쁜 주머니 꽃

내 자식 돌보느라
등골이 휘어져도
세상에 불밝히는
그 마음 뜨거워라
그대는
어머니처럼
강인한 사랑의 꽃

사랑과 이별

사랑은 가슴을
뛰게 하고
이별은 가슴을
아프게 한다

때로는 사랑도
아프며
이별엔
가슴이 탄다

잘 알 것 같은
내 마음도
어찌해야 할지
모르지만

마음은
느끼고 있다

어버이날

예나 지금이나 어버이는
늘 가슴에 남아
마음이 먹먹해진다
우리 위해 헌신하셨는데

살아생전
효도하겠다고 해놓고
실천하지 못하는 우리
가신 뒤에 후회하게 된다

살면 얼마나 살까마는
어머니는 병중이고
나도 병중인데
효도할 날이 있을까

카네이션 달아드린
기억이 안 난다
카네이션보다는
정성껏 효도해야 하거늘

어버이날이 찾아와도
뵙지도 못하는 불효자
마음이 아프다

매일 성경 필사하시고
찬송하시고 기도하시던
어머니 목소리
예전 같지 않으시다

변덕쟁이

해가 떴다가 비가 내리고
흐렸다가 해가 뜨니
그대는 변덕쟁이

세상은 만만하지가 않다
이런 사람 저런 사람
참 다양한 사람이 살아간다

변덕이 죽 끓듯 하는 세상
어느 장단에 맞춰야 할까
맞춰주는 사람은 힘들다

성격을 고칠 수도 없고
병이 아니니 의사도 없다
처방도 없고 약도 없다

다만 침착하게 이끌면
어느 정도 바뀌지 않을까
차분한 사람을 만나야겠다

꿀벌의 마음

가까이 다가가도
모른 채 꿀만 빤다
물러나 비키세요
벌침에 쏘입니다
경고를
무시한 대가
혹독하게 치렀네

벌통에 저축해둔
우리 꿀 사라졌다
기분이 상하지만
어쩔 수 없잖은가
내줘야
산다고 하니
다시 일할 수밖에

마음의 흔적

예쁘게 피고 지면
그 자리 남은 흔적
계절도 지나가면
그리움 남겨진다
그래서
세월은 가고
아쉬움만 남는다

마음을 털고 나면
무엇이 남겨질까
사랑은 달콤하고
이별은 쓰디쓴 맛
마음은
알 수 없는 듯
미련으로 머문다

은행 풍경

은행은 북적인다
표정이 심각하다
대출이 뭣이관대
미움이 이피한디
이유는
알 수 없으나
이 지경이 됐을까

마음에 빚을 지면
부담이 덜하지만
대출은 잘못하면
거리로 내쫓긴다
그래도
대출받으려
기다린다 한없이

요즘 경제

물가가 미쳤나 봐
언론에 방송되면
덩달아 올라가니
심리를 자극한다
짜고 친
고스톱처럼
예전에도 이랬나?

돈 몇 푼 쥐어주면
해결이 될 것인가
근본적 해결 대책
나와야 경제 산다
뭉치면
살던 그 시절
돌아가면 안 될까

초승달

누군가 둥근 달을
예쁘게 갈아 놨다
둥글게 아슬아슬

초승달 걸 터 앉아
세상을 바라보며
절구에 방아 찧는

초승달
뜨는 깊은 밤
아름답게 빛난다

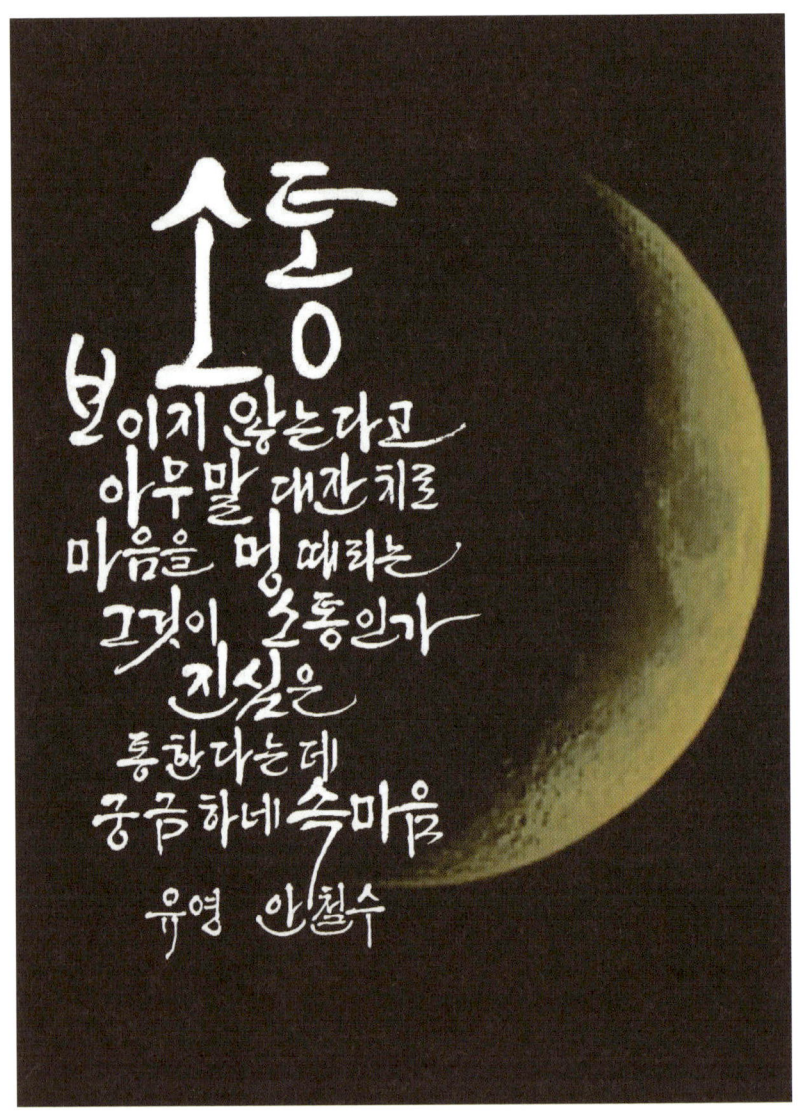

소통

보이지 않는다고
아무말 대관치로
마음을 멍 때리는
그것이 소통인가
진실은
통한다는 데
궁금하네 속마음

유영 안철수

소통

보이지 않는다고
아무 말 대잔치로

마음을 멍 때리는
그것이 소통인가

진심은
통한다는데
궁금하네 속마음

아픔 속에서 그려낸 꿈과 희망의 여적(餘滴)

– 안철수 시인 시와 시조집 『바람에도 향기가 있다』

최봉희(시조시인, 평론가, 글벗 편집주간)

어떻게 사는 것이 가장 멋지고 행복한 삶인가? 이에 대한 고민은 동서고금을 두고 끊이지 않는 현재 진행형의 이야기라고 할 수 있다.

계간 글벗 신인문학상을 수상하고 등단한 유영 안철수 시인의 시와 시조를 읽으면 그에 대한 해답이 나오지 않을까 한다.

안철수 시인은 금번에 첫 번째 시와 시조집 『바람에도 향기가 있다』를 상재한다.

> 숲속에 바람 불면
> 심폐에 좋은 건강
> 마신다 피톤치드
>
> 꽃 속에 바람 불면
> 기분이 좋아지는
> 꽃향기를 마신다

마음에 바람 불면
마음이 상쾌해져
나의 향기 마신다

내 삶에 바람 불면
변화된 몸 느끼는
인생 향기 마신다

새로운 바람 불면
바람 따라 마음 따라
새로운 향기 마신다
- 시 「바람에도 향기가 있다」 전문

안 시인은 현재 췌장암에 간암과 싸우고 있는 환자다. 오늘 이 시간에도 끊임없이 암과 사투를 벌이고 있다. 이제 그가 매일 시를 쓰는 일은 아픔을 극복하고 마음을 치유하는 절대적이고 필수적인 상황이다.

내 나이 스무 살 때 마음은 무너졌고
희망이 없어졌다 어떻게 살아갈까
누군가 꿈과 희망을 품고 살라 말했다

내 꿈은 시인이고 희망은 평범한 삶
끝없이 노력해서 가난은 면했시만
그 꿈은 시인의 노래 풍선 달고 오른다
- 시조 「꿈과 희망」 전문

어린 시절, 그의 꿈은 '시인'이었고 희망은 '평범한 삶'이었다. 지독한 가난을 극복하는 가장 큰 힘은 시를 쓰고 기타 여섯 줄로 노래하는 것이었다. 그는 마침내 노래의 향기를 찾았고, 시를 쓰는 행복도 누릴 수 있었다.

　　내 마음과 같은
　　노래를 부르면
　　그 가사가
　　나의 이야기가 된다

　　마음이 울적할 때는
　　노래가 위안을 주고
　　기분이 좋을 때는
　　날개를 달고 날아갈 것 같다

　　나의 과거를 대변하고
　　미래를 찾아가는 노래 속에
　　삶이 있다
　　행복이 있다

　　노래에 향기가 있어서
　　듣는 사람이 많을수록
　　향기가 전해진다

　　나의 삶과 행복이 노래로
　　오롯이 전달되기를
　　- 시 「노래 향기」 전문

시인은 언제나 기타 연주를 통해 노래한다. 시를 쓰면서 삶의 위로를 받는다. 그에게 시와 노래는 치유의 장르다. 더욱이 이제 시와 노래로 사랑과 행복의 향기를 전하는 사람이 되었으니 얼마나 아름다운 사람인가. 그는 행복한 사람이다.

세상에 아름다운 말글은 사랑해요
그리고 행복해요 너무니 좋은 말글
그 누가 만들었을까 내 마음속 설레네

하루에 좋은 말을 얼마나 들어보나
얼마나 표현할까 마음에 반성한다
오늘은 꼭 해봐야지 내 마음이 설레게
— 시조 「설레게 하는」 전문

안 시인은 세상에서 가장 설레는 말글은 '사랑해요.', '행복해요.'라고 말한다. 그러면서 시인은 설렘으로 사랑과 행복의 시를 오늘도 끊임없이 쓰면서 노래한다.
시는 말이 없는 노래요, 말글로 그리는 그림이다. 그는 인생의 그림을 사랑으로, 행복으로 그리려고 부단히 노력하고 있다.

인생이란
유리창에 보이는

그림 같아요

아침엔
찬란하고
해 질 녘엔
노을빛 물들이고

때론 비가
내리기도 하고
예쁜 꽃이
피기도 해요

그림에는 마음이
보이지 않지만
사랑한다면
누구에게든 보여요

표정으로 보여요
– 시 「인생의 그림」 전문
–

공자님 말씀처럼 '시(詩)는 사무사(思無邪)'다. 한마디로
'간사하거나 악함이 없다'는 말이다. 시는 자연이나 시적
대상과의 교감을 통해 느끼는 순수한 마음을 드러내는 영
적 소산물이다.

기타의 왼쪽에는

악단 단원들이
코드를 눌러주고

기타의 오른쪽에는
지휘자가 손가락으로
기타 줄을 튕겨주면

입술을 통하여
아름다운 노래를
부르게 된다

기타의 선율은
마음속 아픔과
행복을 어루만지고

마음과 마음을
위로하며 연결한다
— 시 「기타 여섯 줄」 전문

노래는 마음속의 아픔과 행복을 어루만져준다. 마음과 마음을 위로하며 연결한다. 시도 안철수 시인의 노래가 되었다. 날마다 한 편씩 시와 시조를 쓰기를 시작한 지 어느덧 일 년이 넘는다. 대략 300여 편의 시와 시조를 창작하고 있다.

너욱이 시와 시조는 짧아서 좋다. 한순간의 감동이 울컥 다가오고 숨을 멈추게 하는 진동이 일어나기 때문이다.

안철수 시인은 어려서부터 지독한 가난에 찌들어 살았다. 왜 늘 이렇게 살아야 하는가? 삶의 회의를 느끼며 자책하는 삶이었다. 더욱이 가난에서 벗어나게 해달라고 간절히 기도했다. 그리고 시인이 되고 싶은 꿈을 꾸었다.

마침내 2025년 글벗문학회와 만남을 통해서 그 꿈이 성취되었다. 건강도 좋지 않고 경제적으로 어려운 형편에 시인은 무슨 시인? 그거 해서 뭐 할 건데, 시인은 아무나 되는가? 그 당시 마음을 시로 써서 나를 달래려고 그런 생각으로 노력했다.

나에게 없는 것은 남들이 공부할 때
돈벌이 생활하던 꿈 많은 학창 시절
가난이 만들어놓은 가정 형편 때문에

나에게 있는 것은 모든 것 이겨내며
보람된 삶 속에서 사랑이 있는 행복
인생의 최종 목표가 바로 이것이기에
– 시조 「없는 것과 있는 것」

안 시인은 삶 속에서 '사랑이 있는 행복'을 찾아낸다. 그것은 시인이 되는 꿈을 실현하는 것이었다. 이런저런 고생을 하며 많은 경험을 쌓았고 가난도 면했다. 마침내 스무 살 때의 꿈이었던 시인이 되는 소망을 2025년 여름에 성취한다. 바로 제27회 계간 글벗 신인문학상 시조 부문에

응모하여 당선된 것이다.

　　사람들은 내 고향이 궁금해서
　　어디냐고 묻지만
　　나에게 고향은 없다

　　가난과 수많은 이사로
　　머무를 곳이 없다 보니
　　묻지 않으면 좋으련만

　　세월이 흘러 정착한
　　공기 좋고 조용한 이 곳

　　꽃이 반겨주고
　　자연이 불러주며
　　좋은 사람들이 있는
　　이곳에 행복이 있어
　　정착하게 되었다

　　이것이
　　내가 머무는 이유이며
　　이미 정이든 고향이 되었다
　　- 시 「고향」 전문

시 「고향」에서 언급한 것처럼 그의 고향은 그가 사는 곳, 삶의 일터가 곧 고향인 셈이다.

행복이 무엇인지, 행복은 어떻게 해야 오는지, 삶에 스며드는 행복은 무엇인지? 지금껏 살아오면서 경험하고 느낀 감정을 시로 적는 적바림의 버릇이 생겨난 것이다.

> 대부분 꽃송이는 실바람 불 때마다
> 향기가 딸려 나와 콧구멍 자극한다
> 향긋한 마음 한가득 전해지는 전도사
>
> 진실한 마음가짐 사랑과 행복 가득
> 넘치면 누구든지 향기가 피어난다
> 내 삶이 즐거워지듯 퍼져가는 꽃내음
> – 시조 「향기 있는 삶」 전문

 이제 시인이 꿈꾸는 삶은 췌장암과 간암을 이겨내는 행복이다. 치유의 향기를 만나고 싶은 것이다. 그 향기는 사랑과 행복이 가득한 삶에서 피어나는 꽃내음이다.
 시인은 시를 쓸 때 행복하다. 삶이 즐거울 때 퍼져가는 행복이 진정한 삶의 향기다. 다시 말해 그 향기는 시 쓰는 행복이다. 시는 파동을 일으키고 공명현상을 일으킨다. 내가 행복하면 내 이웃과 내 가족도 행복하다.

> 내가 봄이고
> 꽃피우게 하는
> 재주가 있다면

수많은 봄들이
문 앞에 줄 서서
기다릴지도 몰라

아프지 않은
사랑을 달라고
행복을 달라고
조르게 될지도

난 그때 허락할 거야
- 시 「아픔 없는 사랑」 전문

이제 시인은 아픔 없는 사랑을 꿈꾼다. 본인 꿈꾼 시인의
길도 성취했고 노래하는 시인이 되기도 했다. 이제 본인은
췌장암과 간암을 극복하는 봄을 꿈꾼다.

안철수 시인이 지닌 행복의 의미는 남다르다. 자신의 집
앞에서 사랑을 달라고 하면 사랑을 주는 시인, 행복을 달
라면 행복을 나누는 삶을 꿈꾸고 있다. 그는 현재 병원을
매일 오가는 환자다. 행복은 텅 빈 상태에서 만족하게 누
릴 수 있어야 진정한 행복이다. 그럼에도 안철수 시인은
내가 아닌 다른 사람의 행복에서 또 다른 행복을 찾는다.
주는 자로서의 행복을 소망하고 있다.

사람들은 / 하루에 / 일 년에
평생에

얼마나 행복을 / 느끼며 살까

그리 길지 않은 / 삶이기에

내 안의 그대가 / 매일 행복해지는
일상을 / 살아가라고 한다

내가 원하는 삶이
행복이니까
- 시 「내가 원하는 삶」 전문

다시금 행복한 시 쓰기를 통해서 그의 건강과 쾌유를 기
원한다. 반드시 오늘 그 아픔을 이겨내고 또 다른 행복을
찾아서 내일도 힘차게 노래하리라.
　프랑스의 시인 C.P. 보들레르(Charles Pierre Baudelaire)
는 시를 이렇게 말한다.

　　감옥에서는 시는 폭동이 된다.
　　병원의 창가에서는 쾌유에의 불타는 희망이다.
　　시는 단순히 확인만 하는 것이 아니다.
　　재건하는 것이다.
　　어디에서나 시는 부정(不正)의 부정(否定)이 된다.

　이제 안철수 시인에게 건강의 재건을 당부하고자 한다.
병원의 창가에서 쾌유의 행복을 노래하고 그의 노래가 온

누리에 퍼져서 행복을 재건했으면 한다.

 끝으로 그의 시조 「여명」을 가슴으로 깊이 느끼면서 글
을 마무리하고자 한다.

　　　　저 멀리 어둠 뚫고 한줄기 강렬한 빛
　　　　가슴을 지나치며 끝까지 가려 하네
　　　　멈출 줄 모르는 빛은 온 세상을 깨우네

　　　　지난날 아픔 털고 일어나 아름다운
　　　　하루를 생각하며 여명을 맞이하게
　　　　그 속엔 네가 모르는 행복들이 있다네
　　　　　　　　　　　　　－ 시조 「여명」 전문

 어둠을 뚫고 다가오는 한줄기 강렬한 빛은 바로 그의 쓰
기 활동이다. 그가 아직도 경험하지 못한 행복이 있다. 멈
출 줄 모르는 빛이 온 세상을 깨우고 있는 것이다. 다시금
두 번째, 세 번째 시집의 출간을 기대한다. 그 이상의 사랑
과 행복을 만나는 멋진 경험을 함께하고 싶다.

 안철수 시인의 건강과 행복을 기원한다.

MEMO

■ 글벗시선 232 안철수 첫 시집

바람에도 향기가 있다

인 쇄 일 2025년 10월 24일
발 행 일 2025년 10월 24일
지 은 이 안 철 수
펴 낸 이 한 주 희
편집주간 최 봉 희
펴 낸 곳 도서출판 글벗
출판등록 2007. 10. 29(제406-2007-100호)
주　　소 경기도 연천군 연천읍 현문로 433-27
　　　　　종자와시인박물관 내
홈페이지 https://cafe.daum.net/geulbutsarang
E- mail pajuhumanbook@hanmail.net
전화번호 010-2442-1466
팩　　스 031-957-7319
가　　격 15,000원
I S B N 978-89-6533-306-7　04810

* 잘못된 책은 바꿔 드립니다.